KB135609

하늘을
보고
싶은 날

김동민시집

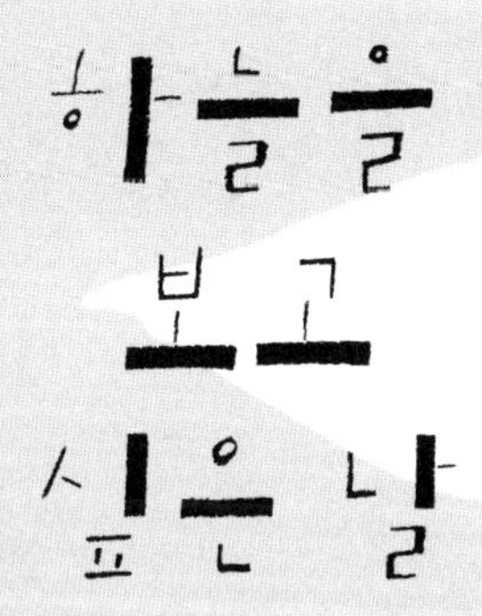

하늘을 보고 싶은 날

창조문예사

추천사

어둠에서 빛으로 가는 행운의 통로가 되기를 바라며

김소엽
(대전대학교 석좌 교수, 한국기독교문화예술총연합회 회장)

지인에게 동민의 시를 보아 달라는 연락을 받고 어린아이들이 지은 동시려니 생각하고 시를 보았는데, 동민이의 시는 도저히 열네 살 사춘기 소년의 시라고 믿기지 않을 만큼 내면세계가 성숙되어 있고 자기 성찰의 고백이 섬세한 감성으로 그려져 있어서 이상 시인에 버금가는 시의 천재가 나타났는가 하는 생각까지 하게 되었다. 본인도 〈사춘기〉라는 시에서 천명했듯이 "나는 보통 사람과 다르다 / … // 선택받았다 // 나는 보통 사람과 다르다 / 나는 천재다"라고 하지 않았던가.

알고 보니 의사가 동민의 정신 연령이 또래 아이들에 비해서 4-5년 높다고 진단했다고 한다. 그러니 동민이는 초등학교 3, 4학년 때 벌써 사춘기를 겪었던 게 아니었을까 싶다. 자연히 친구들과는 이야기 상대가 안 되었을 것이고 아마도 또래보다 서너 살 더 위 형들이나 어른들과 대화 상대가 되었을 성싶다. 그런 성장 과정을 거치면서 친구들과 어울리는 재미도 없고 스스로의 세계 속에 침잠해 들어가면서 자기를 표현할 수 있는 유일한 방법은 글을 쓰는 것이었으리라.

그는 자기의 생각을 써서 종이비행기를 접어 날리며 누군가 자기를 이해해 주기 원했지만 현실은 냉엄해서 그 종이비행기는 쓰레기통에 버려졌다. 그러나 동민이 어머니께서는 그것들을 주워서 버리지 않고 소중하게 간직해서 오늘 '동민의 시'를 탄생하게 했다. 이는 어둠 속 쓰레기통에 하마터면 버려질 뻔한 삶의 편린들이 어머니의 사랑의 마음을 거쳐서 비단으로 짜여져 빛을 보게 된 것이다. 이는 마치 누에가 홀로 자기의 온 진액을 빼내어 고치를 만들고 그 안에 갇혀서

죽음 같은 어둠의 시간을 거치고 나서 이 세상에 비단실로 태어나 누군가 귀하신 분의 몸을 감싸듯, 동민에게는 친구와 세상과 단절된 시간들 속에서 도리어 남들이 못 보는 세계를 보았고 꿈꾸었고 상상의 날개를 달고 시로 탄생한 것 아니겠는가.

모름지기 앞서간 모든 선현들도 그랬다. 고통과 아픔의 시간들이 보석이 되게 만들었다. 세계의 대 문호인 러시아의 작가 도스토옙스키는 젊은 나이에 사형언도를 받기도 하고 시베리아의 옴스크 감옥에서 지옥 같은 8년 옥고를 치르면서 성경을 탐독하였고 잡범들과 대화하며 인간의 저급한 자아가 그려내는 흉악한 범죄와 선과 악이 뒤범벅된 인간의 내면을 보았고 그 후 말년에 《카라마조프 가의 형제들》, 《죄와 벌》 등 대작을 집필할 수 있는 토양을 마련했다.

《바람과 함께 사라지다》라는 명작을 한 편밖에 못 남겼지만 그 작품의 저자 마가렛 미첼은 키가 작은 단

신의 외톨박이로서 연인의 죽음과 어머니의 죽음 그리고 본인의 발목이 부러지는 아픔 속에서 많은 독서와 혼자의 시간들이 대작을 집필하게 만든 계기가 되었고 헨리 워즈워스 롱펠로는 첫 아내가 출산하다가 아이와 함께 죽음에 이른 아픔을 겨우 삭이고 다시 재혼해서 행복한 생활을 잠시 보냈지만 촛불이 쓰러져 그 불이 둘째 부인의 드레스로 옮겨 붙으면서 눈 앞에서 속수무책 타 죽은 아내를 보는 비운을 두 번씩이나 겪은 불운한 사람이었다. 그러나 그는 이를 극복하고 오히려 〈인생의 찬가〉와 같은 대작을 썼다. 동민이는 자라면서 잠시 어려운 시간을 보냈지만 그런 시간들이 자양분이 되어 분명 앞으로 좋은 시를 쓰는 훌륭한 시인이 될 것이다.

사람들은 제 아무리 똑똑해도 자기의 경험 안에서밖에는 모른다. 그러므로 이미 경험한 많은 고독과 외로움은 자기를 정직하게 대면하는 자기 내면의 성찰을

하게 했고 깊은 사색으로 내면이 성장하고 독서로 간접 체험과 여행으로 직접 체험을 하며 인생관과 세계관을 더 넓고 크게 확장해 나간다면 분명 역사에 남는 큰 작가가 될 것이다.

14세에 시집을 냈다는 것만으로도 이는 보통일이 아니고 화제가 될 만하다. 〈6월 밤〉, 〈오늘의 마음〉, 〈돌멩이〉 등 이미 수많은 빼어난 작품이 있고 특히 초등학교 4학년 때 뇌종양으로 친구를 잃고 쓴 시 〈올라가거라〉의 내용 "눈을 감고 상상해 보아라/ 별이 되어 하늘로 올라가거라"와 〈돈 줍기〉, 〈지우개 조각〉, 〈땀〉 등의 시를 보면 쉽게 상상하기 어려운 시들도 많다.

동민이는 우울증을 앓았다. 그의 시 중 〈밖에서 본 안〉과 〈안에서 본 밖〉은 동민의 내면세계를 잘 말해준다. 그때만 해도 그는 "밖에서 안을 보면 / 어둡고 보잘것없을까" 하고 생각하면서 "오늘도 밖으로 가려고 / 노력한다"고 고백한다. 하지만 내가 보기에 지금은 다 나왔다고 생각한다. 첫 번째 시가 주는 암시는 아주 희망적이고 긍정적이기 때문이다. <나의 빛들에게〉에서 그는 이렇게 고백하고 있다.

"내가 어두운 길을 걷고 있을 때 / 나를 밝혀 준 고마운 빛들 // 내가 지쳐서 헤매고 있을 때 / 나를 도와줬던 고마운 빛들" 그 빛들에게 "미안합니다 / 감사합니다 / 고맙습니다 / 사랑합니다"라고 말하는 것은 물론 "나를 어둡게 한 것들에게도 / 이 머나먼 길에도 / 모두에게 한번 더 말합니다 // 미안합니다 / 감사합니다 / 고맙습니다 / 사랑합니다"라고 한다.

이것이 지금 동민의 고백이다. 아마도 이 글을 읽는 모든 독자에게 이렇게 말하고 싶어 할 거라고 생각한다. 이렇게 어둠에서 빛으로 이동하여 새롭게 태어난 동민에게 다시 한 번 더 큰 박수를 보내며 이 시를 읽는 동민이와 비슷한 성장통을 겪는 학생들이 있다면 위로와 치유를 받기 바란다.

동민에게는 이 시집이 빛으로 뛰어나가는 행운의 통로가 되기를 진심으로 바라마지 않는다. - 시집 출간을 마음 다 해서 축하합니다.

추천사

자기 자신만으로도
밝게 빛나는 존재가 되길…

한병득
(새부산진 정신건강의학과 원장/전문의)

진료실에서 진료를 하다 보면 여러 가지 내면적 어려움으로 상담을 받기 위해 찾아오거나, 혹은 관계에서의 어려움, 상처 등으로 내원하시는 분들이 많다. 진료실에서 만난 많은 인연들 중에 동민이도 한 사람이었다. 또래의 아이들보다 더 많은 시간을 자신이 정해 놓은 '안전 영역'인 좁은 공간 안에서 적지 않은 시간을 번뇌하고 외롭게 버텨 오던 사춘기의 순수한 소년이었다.

보통 병원에서는 우울감, 불안, 불면 등의 증상이 2주 이상 지속되면 편의상 '우울증'으로 진단하게 된다. 물론 이런 진단은 치료의 편의를 위한 인위적인 잣대일 뿐이지만 동민이도 굳이 그 잣대를 들이대어 보자면 분명 '우울'했다. 우울, 불안, 분노 등의 감정은

일반적인 일상 속에서는 다소 낯선 감정이긴 하지만, 동민이는 자신에게 찾아온 그 낯선 감정들 속에 오래 머물지 않고 끊임없이 빠져나오려고 노력했고, 치료를 담당한 저에게는 그런 모습이 기특하고 오히려 대견하기까지 했다.

이 책에 엮여진 동민이가 써내려간 자그마한 시들은 그러한 매일의 힘든 과정 중에 동민이가 견딜 수 있었던 어쩌면 유일했던 동민이만의 심리적 탈출구이자 기쁨이었을지도 모르겠다.

동민이의 시들을 읽다 보면 나 자신이 다른 사람들의 관계에서 얼마나 무심했었고 상처를 주는 행동들을 했었는지 되돌아보는 기회가 될 수 있을 것 같다. 내면의 소리에 관심이 없었던 사람들이 이 책으로 자신의 마음의 소리에 귀를 기울일 수만 있다면, 타인에 대한 배려를 조금이라도 할 수 있다면 그것으로 충분할 것 같다.

동민이는 자신의 슬픔을 위로하기 위해서 다른 사람을 끌어들이지 않고 힘들어도 자신의 내적인 밝은 영역 안에서 자기자신만으로도 밝게 빛나는 존재일 수 있음을 믿는다.

동민이 파이팅!!

시집을 내며

외로운 친구들에게
공감과 위로가 되기를

저는 다른 아이들처럼 평범한 시간을 보내기도 했지만, 힘든 일도 많이 겪었습니다. 그러나 대부분의 남자 아이들처럼 행동으로 푸는 것을 별로 좋아하지 않았기에, 혼자 힘든 시간을 견디고 참아왔습니다.

그러다가 어느 순간부터 제게 한계가 오기 시작했습니다. 저는 그때부터 가끔씩 혼자서 글을 쓰며 헝클어진 마음과 기분을 풀었습니다. 그리고 그 글들을 종이비행기로 접어 날려서 누군가 그 글을 읽고 제 마음을 알아주기를 원했습니다. 하지만 전부 쓰레기통으로 날렸기에 아무도 읽지는 않았을 것입니다.

어느 순간부터 그런 제 생각을 직접적으로 쓰는 것이 부끄러워져서 '돌멩이, 물, 달, 새' 등 제 마음을 담을 수 있는 물질에 비유하며 글을 쓰기 시작했고, 그 글들이 차츰 연과 행을 갖추어 가면서 '시'처럼 보이는 글이 되었습니다.

저는 다른 친구들보다 빠른 사춘기가 찾아왔기 때문에 편히 대화할 친구가 별로 없었고, 저 혼자만의 세계에 빠지기도 했습니다. 그때가 제일 힘든 시기였습니다. 마음을 이해해 주는 누군가가 간절히 필요했습니다. 늘 혼자였기에 외로웠습니다. 어느 날 우연히 학교에서 제 뒷담화를 하는 것을 들었습니다. 제 자존감은 바닥으로 떨어졌고, 학교 가는 것조차 힘들어졌고 그러다가 무기력해져 우울증 진단까지 받게 되었습니다.

한편 많은 '스승'들을 만나면서 저는 조금씩 성장했습니다. 아픈 일도 많았지만 그런 경험들과 기억을 짧은 글로 남기면서 그런 일들이 저를 더 자라게 했습니다. 처음에는 그런 아픈 경험들이 분노로 와 닿았지만 시간이 지나면서 제 잘못을 깨닫게 되며 바로 잡으려

노력했고, 그런 마음까지 시로 표현하게 되었습니다.

이 시들은 '방식이 다른 일기'라고 표현할 수 있겠습니다. 여기에는 저의 고통, 외로움, 기쁨, 행복 등 여러 가지 감정들이 담겨 있습니다. 저의 글이 비슷한 아픔을 겪고 있는 다른 친구들에게, 저처럼 외로운 누군가에게 공감과 위로가 되면 정말 좋겠습니다.

이 시집이 나올 수 있도록 도움을 주신 제 주변의 사람들, 바닥까지 곤두박질쳤던 저의 자존감을 높여 주신 저의 고마운 스승님들, 비록 저를 싫어하고 제가 싫어했지만 저를 발전하게 해 준 사람들, 그리고 저를 사랑해 준 모든 분들에게 감사를 드립니다.

2019년 봄

김동민

차례

2부... 세상을 살아가는 방법

3부... 완벽한 사람이 없는 이유

1부

나의 빛들에게

나의
빛들에게

내가 어두운 길을 걷고 있을 때
나를 밝혀 준 고마운 빛들

내가 지쳐서 헤매고 있을 때
나를 도와줬던 고마운 빛들

빛의 크기, 비추어 준 시간
빛의 밝기와 양에 상관없이

모든 빛들에게 하고 싶은 말을
여기서 간단하게 표현합니다

미안합니다
감사합니다
고맙습니다
사랑합니다

네 가지 말로요
나를 더 이상 도와주지 않는다 해도
그래도 당신에게 말해 줄게요

미안합니다
감사합니다
고맙습니다
사랑합니다

나를 어둡게 한 것들에게도
이 머나먼 길에도
모두에게 한번 더 말합니다

미안합니다
감사합니다
고맙습니다

사랑합니다

이제는 제가 당신들에게 해 드릴게요

모든 빛, 모든 어둠, 모든 길에게

오늘의 마음

울고 나서야
웃은 줄 알았다

웃을 때는 몰랐지,
이것보다는 나은 것이라는 걸

6월 밤

6월 밤에 창문가에 앉아
말 않는 밤의 달을 보며
한숨을 쉰다

달은 하늘 중간에 있고
나는 6월 중간에 있다

나는 그렇지 않은데
달은 잘 썼을까
반 년을

누가 있으면 좋겠습니다

저의 시각에서는 세상이 하얗습니다

이런 세상에 누군가가

그림을 그려 주고

색칠을 해 준다면

정말 좋겠습니다

제 눈은 눈동자가 없습니다

이런 눈에다 누군가

검은 물감이라도 찍어

눈동자를 그려 주면

정말 좋겠습니다

돌멩이

사람들이 걸어다닌다
나와 아주 가까이서

사람들이 지나다닌다
멀지 않은 곳에서

아무도 나를 보지 않는다
가까이 있는데도

내 이름은 돌멩이

사춘기

나는 보통 사람과 다르다
너무 힘들다

나는 보통 사람과 다르다
선택받았다

나는 보통 사람과 다르다
나는 천재다!

습관

지금도 재미있지만

하기 싫은데도 해 버리고
해 버리고는 후회해 버리는

재미있는 후회 덩어리

우연

이렇게 딱
된다는 게
정말 신기해

지우개 조각

글씨를 잘못 썼네
지워야겠다

새로 산 지우개가 없네
부서진 지우개 조각으로
다 지우고 안에 넣는다

지우개가 안에 있었네

돈 줍기

친구들과 걸어가다 돈을 흘렸다

내 거야 내 거야 싸우는 친구들

친구가 중요한가

돈이 중요한가

나는 친구

너희는

밖에서 본 안

복잡하고 어지러운 밖에서
안은
아늑하고 편안한 평안

안에서 밖을 보면
얼마나 바보같이 보일까

오늘도 저쪽을 바라보면서
평안을 그리워한다

안에서 본 밖

좁고 어두운 안에서
밖은
밝고 활기찬 희망

밖에서 안을 보면
어둡고 보잘것없을까

오늘도 밖으로 가려고
노력한다

왼손잡이

나는 왼손잡이
왼쪽이 불편하다

왼쪽부터 쓰는 게 문제였나
왼쪽에 사람이 있는 게 문제였나

대부분 오른손을 쓰니

세상 탓 왜 하냐
내 탓이지 뭐

시험 기간

원하는 것은 하고 싶고
필요한 것은 잘 안 되나요

그렇다면 시도해 보고
그래도 안 되면 노력하세요

마지막 겨울

마지막이 다가온다
끝이 다가온다
겨울이 끝나 간다
봄이 다가온다

시작이 다가온다
시발점이 다가온다
봄이 시작된다
겨울이 끝나 간다

바뀐 성격

처음에는 흰 눈 같았고
새하얀 종이 같았으며
맑고 깨끗했지만

시간이 지나고
과거가 되어버리니

이제는 먼지 같고
시꺼먼 먹물 같으며
냄새까지 나네요

기분 따라하기

저 사람이 아프다

나도 아프다

저 사람이 울고 있다

나도 운다

저 사람이 웃는다

나도 웃는다

달리기

저는 달리고 있습니다

시작할 때는 힘차게
뛰어갔습니다
끝이 다 되어 가니
힘이 떨어졌네요

힘들지만 다음이 있기에
이 끝이 끝이 아니기에

저는 달리고 있습니다

겨울바람의 향기

맡아져야 할 향기가
느껴지는 것은 무엇일까요

시원함과 상쾌함
추우면서 따뜻해지는

시원한 향기
상쾌한 향기
차가운 향기
따뜻한 향기

겨울바람의 향기

제가 원하는 시는 없습니다

제가 좋아하는 시가 있어도
제가 원하는 시는 없습니다
저는 원하는 시를 쓴 적도 없고
저는 원하는 시를 쓰지도 않을 겁니다

제가 원하는 시는 마음이 고스란히 전해지고
진짜 마음이 드러나고
마음을 그대로 서술한 시

그런데 유한한 언어로
무한한 마음을 표현할 수 있을까요

다름 틀림

분명히 같지 않다
닮지도 않았다
그런데 비슷하다
뭔가가 비슷하다
완전히 다르다

중요한 건 닮지도
같지도 않다

나는 배운 적이 없다

나는 숨 쉬는 법을 배운 적이 없다

나는 사는 법을 배운 적이 없다

나는 물 마시는 법을 배운 적이 없다

나는 먹는 법을 배운 적이 없다

나는 우는 법을 배운 적이 없다

나는 화내는 법을 배운 적이 없다

나는 이걸 배운 적이 없다

되겠습니까

정말로 슬프네요
울어도 되겠습니까

기분이 안 좋네요
화내도 되겠습니까

너무나 행복해요
웃어도 되겠습니까

척

겉으로만 싫어하는 척
속으로만 싫어하는 척

하늘을 보고 싶은 날

힘이 들면 하늘이 보고 싶다
하늘을 보면
자유롭게 두둥실 떠다니는 구름
언제나 밝게 웃고 있는 해

위로하려는 듯이
도와주려는 듯이
나는 마음이 편안해진다

기분이 좋으면 하늘이 보고 싶다
하늘을 보면
구름을 힘차게 밀어 주는 바람
즐겁게 노래하는 새들

축하해 준다는 듯이
응원해 준다는 듯이
나는 기분이 더 좋아진다

올라가거라

친구가 뇌종양으로 세상을 떠났다는 소식을 들은 후

눈을 감고 상상해 보아라
별이 되어 하늘로 올라가거라

그곳에서 슬프게 울어 보아라
점점 더 어두워진다

어두워도 계속 울어 보아라
이제 땅으로 떨어지거라
눈을 뜨고 생각해 보아라

2부

세상을 살아가는 방법

기억 왜곡

기억을 스스로 왜곡한다면
그것은 나의 망상일 뿐
기억을 스스로 왜곡한다면
그것은 나의 소망일 뿐
기억을 스스로 왜곡한다면
그것은 나의 슬픔일 뿐

현실을 행복하고자
과거를 바꾸는 사람은
현재의 모순된 존재
모순된 자아를 만들 뿐

세상을 살아가는 방법

이 험난한 세상을 살아가려면

물에 빠지기도 해 보고
불에 타 보기도 해 보고

행복하여 울기도 했다가
슬픈데도 웃기도 하고

숨쉬기는 귀찮은데
안 쉬기는 두렵다

괜찮아, 참으면 복이 오니까
괜찮아, 언젠가는 돌아오겠지

참는 자에게 복이 있나니
참는 자에게 복이 있나니

참는 자에게 복이 있나니

말도 안 되는 소리

저의 소원 3가지

첫째는 사랑하는 사람을 만나고

둘째는 기댈 수 있는 사람을 만나고

셋째는 함께할 수 있는 사람을 만나는 것이

저의 소원이자 바람입니다

피동

내가 무서운 이유입니다

슬픔, 분노 등의
모든 악감정들

이 슬픔을 또 누가 알고
이 분노를 또 누가 알겠습니까

다시 눈을 떠 보니 없다
그냥, 그저 잔불이었다

我(나 아)

가장 잘 알 것 같으면서
가장 모르겠고
있는 건 확실하다

한 송이의 꽃잎처럼
분명히 예쁘고 귀한데
필요한 건지 모르겠다

회상을 하자니 부끄럽고
실천을 하자니 어려우니
그야말로 계륵이다

불, 열정

언젠가부터 활활 타오르다가

비가 내리면 픽 하고 꺼져 버린다

분명히 불이었는데

물 몇 방울에 꺼졌다

아아, 따뜻할 때가 좋았는데

저 놈 빗물이 꺼버린다

감사

일어나서 사람을 볼 수 있어 감사한,

자는 도중에 죽지 않은 감사한,

어제의 추억을 잊지 않은 감사한,

오늘도 새로운 추억을 만들 수 있는 감사한,

이렇게 감사할 수 있기에 감사한

백

백에서 영을 빼면 온전하고
백에서 열을 빼면 문제가 없고
백에서 스물을 빼면 보통이고
백에서 서른을 빼면 문제이고
백에서 마흔을 빼면 불안하고
백에서 쉰을 빼면 힘이 들고
백에서 예순을 빼면 제 일을 못 하고
백에서 일흔을 빼면 안타깝고
백에서 여든을 빼면 말이 없고
백에서 아흔을 빼면 거의 없으며
백에서 백을 빼면 없다

사는 이유

못나서 사는 것일까
잘나서 사는 것일까

못나면 고치는 맛에 살고
잘나면 발전하는 맛에 산다

못나지도 잘나지도 않았다면
가장 복이다

하면 된다
원하는 대로
세상이 허락한 대로
신이 허락한 대로

피해 없이
하면 된다

저는 낮습니다

저는 잘하는 것이 당신보다 못하며
얼굴도 못났답니다

지혜도 낮고 생각도 낮고
인성도 낮고 모든 게 낮습니다

겸손 겸손 또 겸손
높은 게 있으니 낮을 수밖에요

발렌타인

연인들이 달콤한 걸 주고받을 때
난 더 많은 사랑을 주고 싶었고

연인들이 물건을 주고받을 때
난 내 마음을 주고 싶었다

악마는 사탕을 좋아해

악마가 좋아하는 높은 것
악마가 좋아하는 것만

악마를 얻게 되면 복은 오지만
악마의 유혹을 받게 되고

커져서 마치 사탕같이
달콤함에 모든 것이 녹아 버린다

꽃이 핀 날 - 생일 축하

없어서는 안 될 중요한 꽃
하나밖에 없는 소중한 꽃
함께 있어야 행복하고
향기롭고 깨끗한 꽃

웃어야만 편하고
향기롭고 상큼한 꽃

바로 당신

판사와 변호사

언제나 공평 공정한 판사
피고인을 감싸 주는 변호사

이 둘 중 무슨 직업을 선택해야 할지
고민할 때가 있다
선택하고 나서는 '아차' 하고 후회한다

판사 할 걸…
변호사 할 걸…

아침

새가 짹짹 깍깍 지저귀고
차는 별로 안 다니고
조용하고 편안한
그런 아침과

차가 바쁘게 다니고
사람들이 바쁘게 뛰어가는
복잡하고 혼란스러운
그런 아침

어려서 늙어서

어려서 모든 것이 커 보이고
어려서 모든 것이 신기한데
어린아이가 거만한 것은
살 날이 많이 남았기 때문이요

늙어서 거의 모든 것이 작아 보이고
늙어서 거의 모든 것을 해 본 것인데
어르신들이 겸손한 것은
살 날이 얼마 남지 않았기 때문이라

잊지 않게

잊지 않게 어떻게 해야 할까

잊고 싶지 않더라도
잊고 싶지 않은 중요한 것이더라도

시간이 지나면 잊는다
이 잊음을 어떻게 되살려야 할까

잊지 않게 어떻게 해야 할까

시작

새 해가 시작되었다
새 하루가 시발되었다

새 마음으로 새 뜻으로
새로운 나로
새로운 사람으로

앉아 있는 비둘기

비둘기 두 마리
앉아 있는

비둘기 한 마리
하나 갔다

비둘기 없다
이제 없다

은인은 롤모델

나의 은인이 나에게 베풀었다
나의 마음을 일깨우고
나를 이리 바꿔 놓고 사라졌다
이 멋진 은인이
나의 롤모델

나에게 해 준 것같이 베풀자
사람을 도울 때가 왔다
그런데 이 은인을 어쩔까
잊어야 하나
나의 롤모델

할 것이 없다

주변에 아무도 없고

나 혼자만 있으니

할 것이 없다

사람들이 없고

홀로 남아 있으니

혼자 조용하다

조용히 생각하는데

뭐가 할 게 없어

자학: 마조히스트

누군가가 나를 묶고
나의 목을 조르고
수치감을 준다

마음이 벅차오르는데
몸이 무너져 내린다

이게 내 한계인가?

심호흡

심호흡 한 번
심호흡 두 번
하늘에 한 번
땅에 한 번

눈을 감고는
칼을 든다
마음을 찌른다

목욕

목욕을 하면서 피부를 봤다
피부를 긁으니 손톱에 때

손톱을 긁어내고 피부를 긁었다
또 손톱을 긁어냈다

시간이 지나고 피부가 하얗게
이렇게 될 때까지 긁었다

시간은 얼마 걸리지 않았다
한 달밖에

침대

여행이 끝나고 집에 돌아와
오랜만에 침대를 쳐다보았다

침대는 안락해 보였다
누워 보니 따가워 침대를 다시 보니
가시가 수없이 튀어나와 있었다

보기에는 편안해 보였다
적어도 눕기 전까지는

나는 그날 바닥에 누웠다
앞으로도 그럴 거고

실수

아이고야, 이럴 수가

3부

완벽한 사람이 없는 이유

또 죽어 갑니다

저는 또다시 죽어 갑니다
묵묵히 보낸 전생들과 같이

사랑하는 사람조차 지켜주지 못하고
바닥에 엎어져 울기만 하다가
또다시 이 생을 죽어 갑니다

다시 생을 살 기회가 주어진다면
다시 마음을 바로 잡으려고 하겠지만
제가 미소를 지을 수 있을까요

뜨거운 물

물에서 모락모락 김이 난다
보기에는 따뜻해 보였다
따뜻한 물에 손을 넣어 보니
따뜻하지 않고 뜨거웠다
정말로 뜨거웠다
그래서 여전히 뜨겁다
이 물이 곧 따뜻해졌다

Please Give me things

Please Give me the "Love"
Then I can feel I am alive

Please Give me the "Concern"
Then I can feel my breath

If you give me like this,
I will get power which I can stand along
and I must take it
It is my duty to take it

웃는 얼굴

웃는다

웃는 얼굴이 아주 기뻐 보인다
그런데 마음은 울지 않을까
얼굴조차 울어버리면
내 마음은 기뻐질까

웃는다

망상

망상이 상상을 깬다
망상이 현실을 깬다
망상이 사람을 만든다
망상이 고통을 만든다

성격과 본질

성격이 성격을 부정하게 하고
본질이 성격을 부정하게 한다

둘 다 확실히 다른데
비슷해 보인다
아무 생각 없이 같다
생각하는 순간 바보

생필품

살아가는 데 반드시 필요한 것들

관심, 사랑, 사람
그리고 사람

사람 그 자체

사탕을 좋아하면

내가 좋아하는 높은 것
내가 좋아하는 것만

'욕구'를 얻게 되면 낙樂은 얻지만
'욕구'에 계속 중독되고

커져서 마치 사탕같이
달콤함에 모든 것이 녹아버린다

페르소나(Persona)

나의 입을 숨길 수 있는 곳
나의 마음을 숨길 수 있는 곳

겉 다르고
속 다르다

발자국

발자국이 선명하다
신경쓰며 걸은 발자국
선명하고 예쁜 발자국

발자국이 산만하다
요리저리 뛰어다닌 발자국
산만하지만 힘찬 발자국

푸른 바람

입으로 마시는 푸른 바람의 맛
후우 하아 스읍 후 입으로 들어가며
화를 내려주는 푸른 바람의 맛

코로 마시는 푸른 바람의 맛
슈웅 슈웅 후우 하 코로 마셔 가며
평안을 안겨 주는 푸른 바람의 맛

귀로 듣는 푸른 바람 소리
쌔앵 쌔앵 씽 씽 귓가에 지나가며
신나게 해 주는 푸른 바람 소리

마음을 스치는 푸른 바람 소리
휘이잉 휘이잉 슉슉 지나가며
희망을 안겨 주는 푸른 바람 소리

나의 눈물아

한 눈엔 눈물이
한 눈엔 불빛이

더욱 초라해 보이는
나의 눈물아

쳐다보며

하늘을 가만히 쳐다보며
저것은 무엇일지

거울을 가만히 쳐다보며
이것은 무엇일지

땅을 가만히 쳐다보며
이것은 무엇일지

가만히 쳐다보며
그것은 무엇일지

Hiding my mind

I wanna tell my mind but…
I wanna hide my mind

I wanna someone know me…
I wanna someone understand me…
I wanna someone talk with me…

I wanna tell my mind but…
I wanna hide my mind

그냥 써 본 시

할 게 없어서 펜을 들어 본다
시간을 헛되이 보내기 싫다

할 게 없어서 자판을 두드린다
시간을 헛되이 보내기 싫다

뭐라도 해 봐야지
시간을 쓰는 거지

시간이 세 개라면

위에서 나를 쳐다보며
그리운 표정을 짓고

여기서 나를 쳐다보며
그리운 표정을 짓고

아래에서 위를 쳐다보며
부러운 표정을 짓는다

불

늙게 하는 불

나무로 가면
나무를 사르고

철에 가면
철을 녹이고

친구들은 다 떠나고
혼자서 외롭게

다른 게 왜

다른 게 어떻다고
나한테 이상하다고 하고

다른 게 어떻다고
나한테 비상하다고 하고

다른 게 어떻다고
나하고 말을 안 하는데

너무 힘들다

너무 힘들다

그런데
나만 이런 건 아닐거야

이렇게 아파도

이렇게 아파도

거기서 끝이라서 다행이야

완벽한 사람이 없는 이유

천재도 겸손하기에

완벽하지가 않다

욕심

욕심을 버리면 행복하지만

성취감을 잃는다

호기심

더 큰 배고픔이

나를 충만하게 한다

혼자서

혼자서 구슬프게 눈물을 흘리는데

어깨를 두드려 줄 친구가 하나 없네

이 세상 나를 알아줄 知音 하나 없구나

땀

열심히 일을 하니
내 손에 땀

열심히 공부하니
이마에 땀

갑자기 긴장하니
내 몸에 땀

까마귀

까마귀야 울지 마라
나조차도 슬퍼진다

까마귀야 검지 마라
너 혼자서 검게 변한다

까마귀야 같이 울자
까악까악 하면서

까마귀야 친구하자
하지만 안 된다

구덩이 - 후회

정력을 다했는데 아무것도 없었다
그 속에 작고 깊은 검은 구덩이
그곳에 있는 나태
그 탓 하고 싶은데
그것이 남 것이더냐
내 맘 속에 있던 진심이 아니더냐
검은 구덩일 빼고 울어댔으니
구덩이가 알려지고
누가 함께 웃어 주랴

내 것이었다
내 것이다
모든 이 구덩이가 내 것이다

감사하며

이름도 알려지지 않은 어린 중학생의 시집을 출판해 주신 창조문예 임만호 대표님과 출판 관계자들께 감사합니다. 그리고 일면식도 없는 동민이의 시를 읽어 주시고 기꺼이 머릿글을 써 주신 시인 김소엽 교수님, 표지 그림을 그려 주시고 응원해 주신 사라, 큰 도움의 손길을 주신 박선혜 선생님(가방 속에 구겨져 있던 동민이 글들을 제가 타이핑해서 박선혜 선생님께 보낸 것이 계기가 되어 이렇게 시집이 출판되었습니다.), 시인 박인혜 선생님(동민이 시를 김소엽 교수님과 한상이 선생님께 보내 주셨습니다.), 그리고 출판되도록 큰 도움을 주신 시인이자 시 낭송가인 한상이 선생님께 감사드립니다.

동민이를 치료해 주시고 언제나 힘과 용기를 불어넣어 주시는 한병득 선생님, 동민이의 고민을 들어주시고 위로와 충고의 말씀을 아끼지 않으신 권진주 선생님, 동민이를 이해해 주신 학교 선생님들과 교장 선생님, 운동으로 스트레스를 푸는 방법을 가르쳐 주신 복싱 관

장님, 동민이를 위해 기도해 주시고 따뜻하게 챙겨 주시는 목사님과 교회 선생님들께도 감사드립니다. 그리고 우리 하나님, 감사드립니다!

2019년 따뜻한 새날
동민 엄마

| 김동민 시집 |

하늘을 보고 싶은 날

초판 발행일 2019년 4월 30일

지은이 김동민
펴낸이 임만호
펴낸곳 창조문예사
등 록 제16-2770호(2002. 7. 23)
주 소 서울 강남구 선릉로 112길 36(삼성동) 창조빌딩 3F (우: 06097)
전 화 02) 544-3468~9
F A X 02) 511-3920
E-mail holybooks@naver.com

책임편집 장민혜
디자인 이선애
제 작 임성암
관 리 양영주

ISBN 979-11-86545-64-5 03810
정 가 10,000원